JORGE PACHECO ZAVALA

El Olvido Que Me Habita

ISBN: 9798404460070

Edición: **Jorge Pacheco Zavala**
Diseño de arte, interiores y portada: **Edgar Pacheco**
Editorial: **Voz de Tinta**

Coedición: **Librerío editores**
FB: *https://facebook.com/librerio.editores*

2021 Mérida Yucatán.

PRÓLOGO

Entre las modalidades que conforman la narrativa literaria, la novela corta invita a conocer historias cuyo desarrollo evidencia trazos de intensidad discursiva, concentrada en un marco formal que plantea retos constantes al lector, tantas veces como éste visita en sus capítulos el mundo alternativo que el lenguaje construye para su apreciación estética.

El olvido que me habita recrea las vicisitudes de una existencia de la que tuvo noticia el autor a través de su entorno familiar; a partir de las impresiones recibidas, se dio a la tarea de transformarla en materia de cultura escrita, reafirmando su vitalidad al dotarla de nuevas implicaciones simbólicas, plasmadas en los múltiples cauces que sugiere para la interpretación de sus pasajes.

El novelista es claro al señalar que su obra cumple también una función memorialista, por proponerse subsanar la pérdida del recuerdo colectivo en torno a un hombre singular por diversos motivos, que significó mucho para una comunidad de creyentes cuya fe cobró nuevos bríos al hallar en él una figura ejemplar, pese a las agudas contradicciones que lo atormentaron hasta instalarse en los resquicios más íntimos de su conciencia, campo de batalla en que las experiencias del mundo y las aspiraciones espirituales miden fuerzas y diseminan su estela de luces generosas y sombras voraces.

Si se atienden las contradicciones que agobian la vocación del sacerdocio en la atmósfera de su contexto comunitario, el personaje principal lleva a pensar, por ejemplo, en el cura fugitivo de El poder y la gloria, de Graham Greene, sin que esto signifique la transposición de un modelo exterior, sino simplemente un enlazamiento de ideas que practica quien lee al adentrarse en terrenos que abona la literatura. Desde una referencia extraída directamente de la realidad, aunque difícil de seguirse en su sentido biográfico, merced a las ingentes lagunas que lo inundan, viene también a la mente el padre Alfredo R. Placencia, poeta jalisciense de profundas resonancias místicas que no dudó en recrear en sus letras el desgarramiento interior que lo abatió de continuo sin revocar su lucidez expresiva.

Los tres tienen en común, además de los rasgos ya señalados, una noción de pecado que llevan a cuestas como fuente de desasosiego que cada cual asume en circunstancias particulares, las cuales desembocan en un caudal de efectos de fascinante significación que no son unívocas ni triviales. Vida y procesos literarios fluyen y se combinan para tocar sensibilidades y reflejar el despliegue y la lucha de energías primigenias.

Son muchos los sesgos interpretativos que pueden desprenderse del examen de las pautas subyacentes en los sistemas de creencias, de la constante tensión entre las esferas de lo sagrado y lo profano y de las atribuciones de sentido que estas representaciones culturales concitan. Su avasalladora presencia en la sociedad concierne a todos porque desborda el núcleo de sus orígenes y salpica los variados ámbitos de la existencia humana.

La figura institucional del clérigo que encarna el protagonista de esta novela en tanto administrador de bienes espirituales contrasta con su patente vulnerabilidad como individuo, se revela frágil y desafiante en la lucha por el poder que se suscita al interior de la diócesis a que pertenece y reluce en el vínculo con sus feligreses, quienes a la postre le conceden visos de santidad.

Las acometidas del tiempo nublan las experiencias vividas y retocan apenas sus huellas más sensibles; la memoria es el filtro que regula reverberaciones confusas y quebrantos de la conciencia, a punto de cumplirse el proceso de retornar al polvo de la sentencia bíblica. El enunciado final del libro sintetiza los efectos de este desvanecimiento de los recuerdos, tránsito que aqueja a sociedades e individuos, en lazo indisociable que aquí se aprecia con equilibrio y sugestiva firmeza.

José Juan Cervera, octubre de 2021

CONTENIDO

*Porque si la memoria existiera fuera de la carne no sería
memoria porque no sabría de qué se acuerda
y así cuando ella dejó de ser, la mitad de la memoria dejó
de ser y si yo dejara de ser todo el recuerdo dejaría de ser.*

William Faulkner

ADVERTENCIA

Lo que estoy por contar, forma parte de una etapa importante de mi vida. Durante mi infancia, tuve el privilegio de crecer cerca del personaje principal. Las fuentes para esta novela breve son tres, que a continuación enumero. Uno: fui testigo directo de muchos de los acontecimientos narrados aquí. Dos: mi madre, quien vio al padre Rafael vivo por última vez, antes de vestirlo para su sepultura, obtuvo de mano propia del padre, un diario devocional que puso en mis manos, sin que yo pudiera imaginar entonces, cuál sería su utilidad. Tres: algunos sucesos que se cuentan en la historia, son ficticios y no tienen ningún fundamento para llegar a creer que pudieron haber sucedido. Por lo tanto, dejo al lector la libertad de elegir entre las cosas ficticias y las reales.

J.P.Z

La Historia
Detrás de La Historia

Si yo me atrevo a contar esta historia, tal vez sea porque sé que nadie más la contará. Y es que las historias concernientes a hombres valiosos, pero cuyas vidas fueron de bajo perfil, tienden a perderse en el pasado, y debido a que su labor ha sido la de servir, no resuenan lo mismo que las de aquellos que sin hacer gran cosa, encontraron la forma de brillar sin tener luz propia...

La historia que cuento se resiste a quedar en el olvido. Y esa es buena señal, puesto que esta historia me ha seguido por los últimos 40 años. Siempre me ha parecido triste, que la importancia de un hombre o mujer en nuestras vidas, se mida bajo estándares equivocados, puesto que muchas de estas personas, probablemente poseían el mejor regalo que un ser humano puede tener: el de dar y darse a los demás...

La Niñez Nunca Se Olvida

El tiempo es tan sólo un concepto, pero es también un testigo que nos observa mientras nos reinventamos tratando de ser diferentes. Es esa diferencia que imaginamos a modo de aspiración, la que nos orilla muchas veces a perdernos en nuestro propio olvido.

Era el año de 1920 en la pequeña ciudad de Ulm, Alemania, y Rafael, con tan sólo siete años de edad, se ganaba la vida en la zapatería de su abuelo, a quien, sin falta, ayudaba al salir de la escuela. Educado bajo el rigor de la doctrina protestante, pasaba su tiempo libre coleccionando escarabajos. A diferencia de los otros niños de su edad, su carácter y personalidad, casi siempre lo llevaban a la contemplación, o a actividades mucho más meticulosas en las que pasaba desde horas, hasta días enteros; principalmente cuando no debía asistir al colegio.

Su madre de origen mexicano, coincidió con su marido en que debían ponerle el nombre del abuelo materno, y que, debido a la distancia, sería prudente que al menos, el nombre fuese un recordatorio de su línea sanguínea. La llamada Gran Guerra, estalló un año después del nacimiento de Rafael en el mes de julio.

Aún estaban por descubrir y experimentar los estragos del conflicto bélico europeo. Al cumplir los cinco años, los sonidos del cañón y la metralla habían enmudecido para dar lugar a un silencio mortecino. Sus padres se alegraron cuando lo vieron por primera vez; ya desde el nacimiento su sonrisa cautivaba a cualquiera. Sin embargo, en aquellos aciagos días, y bajo la República de Weimar, toda Alemania permanecía sumergida en una profunda crisis, y por esa causa, su padre tuvo que salir a ganarse la vida lejos de casa.

A partir de esa infancia rodeada de muerte y dolor, quedaría en su memoria una marca distintiva relativa al silencio, como una evidencia final del desastre.

El silencio, ese gesto adusto que el destino muestra de tanto en tanto.

Aquel mes de julio de 1920, unos días antes de su cumpleaños número siete, el pequeño vería por última vez a su padre. Su madre, embarazada y llena de consternación, lo despidió con tristeza y en clara oposición a que se fuera. Su padre iba y venía en el pequeño espacio de la casa, sus pasos eran señal inequívoca de que las circunstancias y el destino estaban a punto de descarrilarse.

Y es que, en aquellos tiempos, comer una vez al día era un lujo que pocos podían tener. Y así, ante este dilema, aceptaron la determinación de quedarse en casa, mientras, el padre del pequeño Rafael peleaba por mendrugos en la lejana tierra de Meldorf, una diminuta comunidad que solicitaba obreros para excavaciones arqueológicas.

La noticia fatal llegó. La madre de Rafael se despertó aquella mañana víctima de un sobresalto. Habían transcurrido seis meses de ausencia. Apenas un par de cartas en tan largo tiempo. Apenas el recuerdo vago de sus palabras gastadas de tanto leerlas y releerlas. Apenas un suspiro. El aviso decía que su padre había muerto sepultado bajo toneladas de piedras al colapsar el sitio de la excavación. Al final, nadie se responsabilizó por su muerte. Ya ninguna explicación tenía sentido.

Su padre estaba muerto, y esa realidad era inevitable. Y otra vez comenzó el silencio, uno nuevo y distinto al que llega por el hambre o la enfermedad, este era un silencio sordo y profundo.

Cuando viajaron para recuperar sus restos, solo les entregaron polvo y tierra, mismos que durante el regreso, terminaron convirtiéndose en humo. El largo viaje de más de 20 horas por poco los mata. Su madre, que ya mostraba un embarazo de casi ocho meses, tuvo que detenerse a la mitad del camino para recuperar fuerzas. De no ser por el abuelo paterno, no lo habrían logrado. El viaje casi deja al abuelo del pequeño Rafael en la miseria.

A unas horas de llegar a Ulm, en la población de Heilbronn, el abuelo negoció la venta de una pintura que su padre le había obsequiado para momentos como ese. Era preciso conseguir un buen precio para cambiar el futuro. Aquel comerciante de baratijas de arte le compró al abuelo la pintura por 75,000 Marcos; dinero suficiente para sobrevivir un mes y pagar las deudas. Pero le advirtió al viejo comprador: "Volveré, en casa tengo dos obras que te pueden hacer millonario si me las pagas bien..." El comerciante sólo extendió su mano para despedirse.

Unas semanas después nacería Viveka, de enormes ojos azules y pelo rizado como el de su madre. Los ojos y la mirada penetrante eran de su padre. Pero ahora eran cuatro, y cada vez era más difícil conseguir comida.

Los domingos iban todos a la iglesia, y siempre al final del servicio, el pastor les obsequiaba una canasta de pan y queso. Esta provisión venía del cielo, porque les permitía comer al menos por cuatro o cinco días. Esa imagen del ministro extendiendo su mano con la canasta llena de víveres, quedaría en la memoria del pequeño Rafael. No olvidaría la escena jamás. Muchos años después, sentado en un rústico banco de madera, relataría la anécdota mientras visitaba la casa de una familia en necesidad. Las canastas siempre son oportunidades para descubrir la bondad que hay en el corazón de las personas.

La primera vez que el abuelo llegó, fue una gran sorpresa. Luego de haber perdido a su amada Emma, hizo arreglos para vender la pequeña propiedad donde vivieron durante 40 años. En su rostro se notaba la soledad, y una sombría tristeza que ocultaba jugando y haciendo bromas. A Rafael le parecía que era un hombre enorme. Y en realidad lo era, medía 1.87, y a pesar de ser un poco viejo, el frío lo conservaba en buena condición física.

Esa gélida noche desempacó dos cajas, una con chocolates y otra más con galletas de mantequilla. El pequeño Rafael nunca había probado el chocolate, tampoco las galletas de mantequilla.

El abuelo Dieter era un gran conversador, y esa misma noche les contó por lo menos tres historias. Su padre reía y cantaba mientras abrazaba de tiempo en tiempo al abuelo. Al final, antes de ir a dormir, ambos se miraron a los ojos, como si sostuvieran un diálogo silencioso que nada más ellos comprendían. Su felicidad duraría sólo algunos días, ya que su viaje estaba próximo.

Entre galletas y sorbos de chocolate caliente vieron pasar la medianoche, hora en que mamá Regina dijo que era momento de ir a la cama, mientras su rostro tomaba la estricta apariencia de un soldado.

Nada es Para Siempre

Había amanecido lloviendo la mañana del 18 de junio de 1977. Las campanas del templo explotaron anunciando la última oportunidad de llegar a misa de seis. Los nueve feligreses, en su totalidad mujeres, se acomodaron como plantas esparcidas en el desierto: cada una por su lado. Dispuesto, y al centro del altar, el monaguillo aguardaba la llegada del padre Rafael, quien, al entrar a la nave principal, se detenía siempre a saludar a las dos o tres mujeres que le quedaban al paso. Ataviado con la tradicional indumentaria sacerdotal, impecablemente aseado y con un fuerte aroma a jabón de lavanda, se acomodó la estola, afinó con fuerza su garganta y habló:

—Celebremos la presencia de Dios nuestro Señor.

Apenas había comenzado la homilía y doña Eduviges ya cabeceaba en la última hilera de bancas. Otras más bostezaban repetidamente sin poderlo evitar.

El rostro blanquísimo del padre parecía iluminado por una luz invisible, en sus ojos estaba el fuego de la pasión que hay en los hombres de Dios, cada movimiento de sus manos parecía estar calculado con perfecta precisión. Cuando notó el adormilamiento de una de las mujeres, levantó la voz aún más para hacer sentir que Dios estaba presente...

—¡¡¡Hijas mías!!! El enemigo no descansa, pero a nosotros se nos ha otorgado el distinguido honor de pelear la batalla por la santidad, y esta batalla...

La atmósfera densa parecía hundir a las oyentes en un inmenso pantano, y todas parecían luchar por no sucumbir. Esa mañana había en el aire un intenso olor a azufre nunca antes experimentado, y como un acto coreográfico, todas comenzaron a agitar sus manos para espantar aquello que parecía moverse de manera invisible.

Algo extraño estaba a punto de ocurrir, como si la mortandad se moviera en los aires preparando su destrucción. Pero entonces, de manera incomprensible, el padre comenzó a repetir las mismas palabras una y otra vez, tal y como pasaba cuando los discos de acetato se rayaban:

—Es palabra del Señor... Es palabra del Señor... Es palabra del Señor...

Una de las mujeres se levantó y sacudió al monaguillo que, con cara de espanto y aliento alcohólico, salió de su sopor nocturno. Cuando notó a la mujer, le hizo un ademán de indecisión para luego levantarse de su pequeña silla. La mujer se acercó al padre nuevamente y tiró ligeramente de la sotana. El padre paró de hablar inmediatamente. Aquel, sería el inicio de un peregrinaje distinto, uno marcado por el silencio. Parecía que el mismo silencio que su madre había guardado al morir, ahora se repetía en su interior, transformándose en una llaga incurable.

Pero como siempre ocurre, algunas de las dolencias o enfermedades, son tan sólo la punta del iceberg; tras los primeros exámenes, se fue teniendo una mayor certeza de que su mente se estaba quedando vacía. O a lo que los médicos llamarían tiempo después "Alzheimer"; a pesar de que precisamente en ese año de 1977, se aceptaría por primera vez el uso del término médico "Alzheimer".

A sus 64 años, el padre gozaba de una entereza extraordinaria. Sin embargo, ahora, sin saber quién era, ni lo que hacía ahí, las cosas se tornaban demasiado complicadas, aunadas al hecho fehaciente de que tampoco reconocía a nadie. Rodeado de un mundo de extraños, donde el primero de la fila era él mismo, se mostraba desconcertado en medio de su propio silencio.

Pasaba largas horas frente a esa imagen del Cristo en la cruz. Al parecer elevaba plegarias sin hablar, pero su cuerpo se estremecía con estertores que parecían tener la fuerza para derribar todo lo que en él quedaba sano. En esos momentos de profunda comunión con su Padre, la atmósfera del lugar cambiaba; el aire parecía estar electrificado, y regularmente un aroma a flores se movía por el lugar.

Sólo la imagen del Cristo crucificado parecía estar intacta en la memoria del padre, aunque para decirlo de una mejor manera, todo parecía ser reconstruido en su memoria cada día, y ese todo incluía los aspectos de su propia fe: bastión y baluarte de toda su existencia. Era un acto casi imposible de reconciliar: un pasado que había sido borrado en su totalidad, y un comportamiento presente ante el Cristo sufriente que al parecer estaba intacto, producto de una raíz profunda llamada fe.

DEL SUEÑO A LA REALIDAD

El rifle iba dejando una línea serpenteante en medio de aquel desierto. El uniforme que hasta hace unas cuantas horas lucía completo, ahora parecía un desperdicio, o peor aún, era como si un pordiosero cruzara el desierto sin agua. Hacía rato que sus pensamientos se bifurcaban entre dos mundos: el mundo vital y el mundo fatal. En el centro de estos dos espejismos, la arena parecía jugarle una pasada adversa, impidiéndole avanzar en su necesaria determinación. Gradualmente se fue convirtiendo en una lucha férrea entre la mente consciente y la imaginación, y la única certeza que lo gobernaba hasta ahora, era su sentido más hondo de supervivencia.

Ese impulso siempre está presente cuando se corre un grave peligro. En este punto de la escena, su corazón se aceleró, las manos se le crisparon por causa del dolor, y como producto de un espanto, abrió los ojos en toda su dimensión.

Lo primero que notó al abrirlos, aparte del fuerte dolor de cabeza, fue que la luz de la pequeña habitación se había quedado encendida toda la noche. Su corazón aún quería salirse de su pecho, pero lo contuvo con sus dos manos apretando con fuerza. Afuera, estaba a punto de amanecer.

Los primeros sonidos del nuevo día lo tranquilizaron hasta que pudo sentarse en el borde de la cama.

Era un sueño que se repetía siempre. Iba y volvía como si algo estuviera incompleto en la historia del hombre con el rifle a rastras. Podía asegurar que aquel hombre en el desierto era él, pues los mismos sufrimientos bajo el quemante sol, los experimentaba aún después de haber despertado. Se dispuso a ponerse de pie y olvidar lo ocurrido.

En su soledad, se fue convirtiendo en un hombre de hábitos lentos y pasos calculados. Se dirigió al baño y abrió la regadera, observó el agua caer por una eternidad, hasta que el púrpura sobre sus pies mojados le advirtió que algo andaba mal. Reaccionó cerrando la llave con fuerza desmedida, vio cómo un hilillo de sangre que parecía venir de su rostro, recorría todo su cuerpo hasta llegar a los pies. Sin poner mayor atención, limpió la sangre y tomó de una cajita el rastrillo para afeitarse. Fue justo cuando se miró al espejo, que sus ojos se llenaron de espanto.

"¿Quién fregados eres…?" Un silencio abrumador se interpuso entre la imagen del espejo y la vorágine de pensamientos que se agolpaban en su mente. Todos deseaban salir y expresarse, o quizá huir de aquel fatal desenlace. Sus manos cubrían su rostro una y otra vez; mientras tanto, en su mente sólo aparecía la pregunta lanzada con terror: "¿Quién fregados eres…?" repetida infinidad de veces.

Un extraño mareo le sobrevino y cayó irremediablemente al piso. La conmoción estaba rebasando los límites, la confusión ya lo había hecho su presa. Con el rostro pegado al frío mármol, fue de a poco abriendo sus ojos hasta notar la descomposición de su cuerpo al caer. Se revisó la cara tocándose con sus manos para cerciorarse de que no hubiese alguna herida en el pómulo o la nariz. Sólo el golpe seco en la cabeza permanecía a modo de punzada constante.

Se incorporó gradualmente hasta que logró sentarse en la orilla de la cama; ahí permaneció por varios minutos, hasta que la claridad del momento regresó a su mente.

A partir de ese evento traumático que comenzó en el espejo, esa primera noche, la vida del padre Rafael se transformó; si de por sí ya lo rodeaba la tristeza, se volvió desde entonces una persona totalmente sigilosa. Consecuentemente los espejos dejaron de ser parte del mobiliario de aquel lugar.

—Padre, soy yo, Hermenegildo. ¿Puedo pasar? —dijo el guarda templo con inseguridad.

El silencio se prolongó por varios segundos. Ante la espera, el hombre volvió a tocar la puerta al tiempo que dijo:

—¿Padre, todo está bien?— De nuevo el silencio, pero quizá ahora, matizado con cierta tensión. —¿Puedo pasar?— Preguntó insistente con algo de temor reflejado en la voz temblorosa.

Un crucifijo sostenido con fuerza se asomó con timidez entre las cortinas. El guarda templo fue avanzando con pasos muy cortos. Una vez adentro, y siempre en riguroso silencio, permaneció el resto del día a su lado, entre murmullos incomprensibles y sonidos fragmentados.

Esa noche no soñó. Su mente estaba como una hoja en blanco a la espera de que alguien quisiera escribir otra historia sobre la suya. Sus pensamientos eran un revoltijo de imágenes que carecían de significado; quizá por eso experimentó un sobresalto por ahí de la medianoche, cuando se despertó con una angustia inexplicable...

La Vida
en Formación

Cuando ingresó al seminario, todo se convirtió en novedad ante sus ojos. La cantidad de jóvenes que ingresaban al seminario lo motivaba y al mismo tiempo estimulaba su fe. Creía entonces que bastaba con eso, con el acto sublime de creer.

El seminario en este idílico pueblito de Michoacán se encontraba en una de sus montañas, al puro estilo místico de los sokakakai, o de los budistas enclaustrados de por vida. Sin embargo, la vida monástica del seminario estaba llena de oportunidades para salir a la calle a hacer el bien. El joven Rafael nunca perdió una oportunidad para dar testimonio de cosas que aún no llegaba a comprender siquiera. En las noches, su reluciente biblia parecía ser su única consejera, y ahí, entre sus inmaculadas páginas, encontraba refugio y consuelo para sus insuficiencias y debilidades humanas que siempre parecían perturbarlo.

Por las mañanas, los rezos comenzaban antes del amanecer, los seminaristas iban y venían como sombras trasnochadas, pero en ese lugar, el día apenas estaba por comenzar. Durante dos horas debían permanecer en el servicio religioso, el cual tenía una duración de hora y media, pero estaban obligados a quedarse media hora más meditando en la palabra que acababan de escuchar. Era un régimen desafiante que se complementaba con la alimentación basada en verduras, salvo la excepción semanal de los días miércoles, en que se consumía pescado.

Los rostros demacrados, de ojeras profundas y cuerpos huesudos, daban cuenta de ello.

Eran jóvenes que estaban siendo entrenados para ser parte de una generación de sacerdotes que le pudieran hacer frente al demonio del pecado.

Pero el pecado habitaba la casa. Y en aquel lugar destinado a producir santos, la degradación y la ofensa sexual dominaban a los jóvenes inexpertos en los asuntos de la vida monástica. Había entre muchos de ellos, una perversidad demoniaca, que los conducía a cometer actos insanos unos contra otros.

En más de una ocasión obligaron al joven Rafael a presenciar actos homosexuales. Cada vez que cerraba los ojos, le asestaban un golpe en las costillas; vez tras vez fueron llenando sus ojos con pecado involuntario, hasta que, en una ocasión, intentaron que él mismo sostuviera relaciones con otro seminarista.

Los rumores de lo que acontecía al interior del seminario nunca fueron confirmados, eran aparentemente sólo rumores infundados. Y debido a que nadie nunca denunció un abuso, todo siguió en calma por años.

Algunos meses más tarde, salió a la luz un montón de información respecto a las monjas embarazadas y la cantidad de seminaristas involucrados en actos de perversidad y homosexualismo. Fue un duro golpe mediático de boca en boca para el prestigio del seminario. El día de su ordenación, notó que Regina, su madre, se había sentado en primera fila. Llevaba puesto el velo que Viveka le había obsequiado en vísperas de Navidad, era el verano del 41 y ahí, sentada junto a su hija que había venido desde Alemania, parecía resplandecer por la emoción. No era así con Rafael, quien moría de nervios tratando de acomodar correctamente la indumentaria, incluida la casulla que se le había atorado en la cabeza debido a que la abertura era demasiado pequeña. Alguien notó su embrollo y de inmediato acudió a solucionar el problema. Diez minutos después se encontraba en línea con los otros tres sacerdotes previo a su ordenación.

Era una atmósfera tan solemne que podía escucharse el aleteo de una mosca que iba y venía sin encontrar acomodo entre el gentío. El silencio invitaba a la reflexión; y, sin embargo, en la mente de Rafael; innumerables imágenes de la infancia desfilaban como si las tuviera frente a sus ojos, como si su padre volviera de aquella tierra lejana para darle el abrazo que nunca le dio. Esta mezcla de emociones, nerviosismo y nostalgia, aparecían todas juntas para dificultarle aún más el momento. Su corazón ardía por Dios. Sus convicciones estaban en orden. Su vocación estaba en el centro de la voluntad de Dios.

Para ese momento se había preparado, y sabía que incluso ese momento, era tan sólo el comienzo de un proceso que desconocía. Pero estaba dispuesto a sufrir, estaba dispuesto a menguar, a cederse hasta que Cristo fuera formado en él.

UNA HERENCIA CON PROPÓSITO

La noticia le llegó ocho meses después de la muerte de su madre. Los tres cuadros de arte que su madre Regina siempre se resistió a vender; ahora tenían un valor estratosférico. Nadie imaginó tal cosa, nadie sabía siquiera que aún los conservaba.

El padre Rafael había trabajado para la diócesis de Michoacán por casi diez años. Seguían viéndolo como un sacerdote más, a pesar de que había enviado propuestas para el establecimiento de un seminario local. Se había tomado el tiempo de elaborar los contenidos teológicos para cada semestre. Le había tomado un par de años desarrollar todos los contenidos curriculares, e inclusive un par de feligreses entendidos en los asuntos de la arquitectura habían elaborado planos para un terreno de aproximadamente cuatro mil metros. Le emocionaban los proyectos que desafiaban su inteligencia y su capacidad. Una de sus frases predilectas era: "Si doy un pequeño paso, no necesito a Dios; pero si doy un gran salto, solo Dios puede hacerlo posible".

Llegó a creer que en algún momento podrían considerar sus ideas, no porque fueran novedosas, sino porque eran ideas necesarias por el creciente número de jóvenes interesados en descubrir la vida centrada en Cristo. Todos y cada uno de los intentos habían sido rechazados. Siempre diferentes argumentos acompañaban la negativa. Pero Dios o la vida, le tenían preparado un sorprendente encuentro con su destino.

Ese día en que el abogado encargado de entregarle todas las posesiones de su madre lo vio, le ofreció una reverencia y le recordó la última vez que se habían encontrado, hacía más de diez años.

—Lo recuerdo de aquella mañana en la catedral, en el servicio de su ordenación— dijo el abogado con voz pausada y segura.

—Claro, debe ser un mal recuerdo, debido a que mis nervios eran más que notorios.

Ambos se acomodaron en torno a una mesa redonda de cuatro sillas. El despacho era convencional, pero tenía un aire fino que le venía de los muebles y recubrimientos de los muros. La alfombra azul eléctrico del piso, hacía que los clientes parecieran flotar.

—¿Y continúa al servicio de la diócesis de Michoacán?— preguntó más por el impulso habitual de hacer plática que por un interés genuino.

—Sigo ahí, pero no sé por cuánto más...

Ante la respuesta severa del padre, el abogado se arremolinó en la silla ejecutiva tratando de dar la impresión de que se avecinaba algo serio.

—Bueno, me parece que lo que voy a decirle, hará las veces de lo que ustedes llaman "milagro".

Lejos de interesarse en la información del abogado, el padre tomó las debidas precauciones. Había aprendido en la labor del pastoreo, que cuando alguien llama a una circunstancia "milagro", es que detrás debe haber algún tipo de distorsión de la realidad. Estaba convencido de que los milagros no pululaban por las calles. Pero muy a su pesar, se dispuso a escuchar con suma atención lo que el abogado estaba por decirle.

—Semanas antes de morir, su madre puso bajo mi resguardo tres cuadros de arte. En el testamento, explícitamente se establece que deberán ser subastados y el producto de la subasta ha de entregársele a usted íntegro, excepto por mis honorarios y los de la casa subastadora.

El padre seguía con la mirada los ademanes y gesticulaciones del abogado.

—De igual forma, tengo la instrucción de vender la casa donde su madre vivió por los últimos veinte años. Y de la misma manera que con los cuadros de arte, el producto de la venta de la propiedad, habrá de entregársele a usted integra, excepto por los honorarios del corredor inmobiliario.

Eran tres cuadros del pintor alemán de finales del siglo XIX Otto Allöder. Los cuadros ya se habían subastado, obteniendo la suma final de 2.7 millones de dólares por las tres obras.

—Este, es un cheque de caja por la cantidad de 2.3 millones de dólares. Ya usted podrá hacer la conversión a pesos mexicanos. Lo que sí le recomiendo es que lo deposite. Si usted no tiene una cuenta bancaria, con gusto le acompaño para facilitarle el trámite.

—Gracias. Creo que yo no sabría cómo hacer el trámite, y…— dijo atropelladamente tratando de disimular su asombro.

—Cuente con ello. Solo tiene que decirme el día y la hora en que desea que lo acompañe.

—Gracias— volvió a decir, mientras impedía que el sudor le escurriera por la frente.

—Bien, pues si usted no dispone de otra cosa, me tengo que retirar.

El abogado tomó su hinchado portafolio, como si las soluciones de todo el mundo confluyeran en ese pequeño espacio rectangular oscuro.

Cuando el padre Rafael se quedó solo, la primera imagen que atravesó por su mente, fue aquel seminario lleno de jóvenes rebosantes de dicha. A pesar de que esta imagen le transmitía un gran gozo, también representaría el comienzo de un periodo de tiempo lleno de dolor y soledad.

Una vez más veía a su padre muerto en medio de aquel terregal inhóspito. Pero una vez más añoraba las palabras de su madre como nunca. Sabía y era consciente de que estaba por dar los primeros pasos hacia una separación que probablemente sería para siempre. Tendría que dejar su alma mater, no había otra opción.

No tardaron en aparecer las difamaciones.

La fuente: inexistente.

El periódico católico "El Segador" lo estaba destrozando cada semana. Que si había roto el celibato, que si había cometido una falta mayor, que si la imaginación no alcanzaba para describir su maldad, que si la rebeldía, que si el orgullo, y tantas mentiras que parecían haber sido urdidas en las mismísimas fauces del infierno.

Todo era parte de un plan macabro para terminar con cualquier iniciativa que el padre Rafael intentara. Iban un paso adelante siempre. Así ocurrió cuando quiso adquirir el terreno del libramiento. Eran 3000 metros cuadrados, suficiente espacio para el proyecto. Sin embargo, las autoridades eclesiásticas ya habían dado un anticipo para asegurar su compra. El padre Rafael entró en una crisis, en una encrucijada de la cual no sabía cómo iba a salir.

Pero como siempre pasa con los que viven para Dios, el contra ataque ya estaba dispuesto. Un terreno de grandes proporciones estaba en venta. Se ubicaba en la parte alta del pueblo, en una de las últimas calles antes del mirador. El precio le pareció bien. Pero quedó gratamente sorprendido cuando al caminar por el terreno, descubrió que eran en total 3700 metros cuadrados.

De inmediato solicitó la documentación y dieron inicio al proceso de compraventa.

Todo parecía recomponerse. Con el dinero restante podría construir al menos 50 habitaciones para dar albergue a 100 seminaristas. Estaba tan emocionado que se había olvidado de los rumores y ataques constantes de la diócesis. Pero las miradas de las personas se encargaban de recordárselo cada día. Eso de "no juzguéis para no ser juzgados"; no aplicaba en este lado del pueblo. Desde luego que también había gente, aunque no mucha, que lo admiraba y respetaba por su franqueza. Y esas personas se fueron convirtiendo en escuderos que repelían la mayoría de los ataques. Para decirlo de una manera un tanto coloquial, eran quienes le cuidaban las espaldas. Le prodigaban un leal cariño, principalmente en las noches de soledad cuando el padre anhelaba celebrar. Se acercaban a él, y en esa compañía les transmitía verdades bíblicas parafraseadas, casi como representaciones líricas, incubando en ellas la fuerza de la narración oral.

Sin darse cuenta, la calle se fue convirtiendo en el escenario perfecto para sus sermones bañados de algarabía y festividad, pero impregnados también, como debe ser, de verdades irrefutables cuya función primordial era la de dar a conocer a Dios. Las cuatro personas que una noche se acercaron a conversar con el padre Rafael; pronto se convirtieron en ochenta, y aún no pasaban dos meses y ya sumaban 120 los reunidos en esa mitad de calle.

No pasó tiempo para que las autoridades eclesiásticas dieran una nueva orden diciendo que era un falso predicador, un engañador, un mentiroso, que aprovechándose de la ignorancia de las personas; las arrastraba al infierno.

Una vez más, la soberana provisión del cielo extendió su manto para resguardarlo y afirmarlo. Luego de años sin una visita oficial del arzobispado de Morelia, apareció en escena el arzobispo primado, monseñor Luis María Altamirano. Pareciera que había llegado para hacerle una pregunta a la junta del presbiterio. —¿Qué daño les ha causado este hombre de Dios?

Si alguien por error ha quedado encerrado dentro de una habitación sola, puede entonces ahora imaginar con mayor claridad el silencio que se creó en ese lugar.

—¿Le llaman enemigo a alguien que predica en las calles, que ayuda a los niños con comida y les da consuelo a los ancianos?

El silencio prevalecía.

—¿No es acaso lo que todos ustedes deberían hacer? ¿O es que ustedes son enemigos de la cruz?

Todos los argumentos contemplados con antelación se iban cayendo, como cae la lluvia cuando el cielo está contento. El hombre aquel continuó hablando con tal autoridad y razón que no había entre los presentes alguien que tuviese un argumento mayor.

—Mañana iré a conversar con él. Y les anticipo que no quiero comitiva. Estaré donde él está con la gente que se reúne. Ya lo sabrán, aunque me han dicho que las fuentes de ustedes no son tan confiables.

El arzobispo se puso de pie, al mismo tiempo todos los ahí reunidos se levantaron. Mientras pasaba, cada sacerdote inclinaba la cabeza y besaba el anillo. El arzobispo se detuvo al final del breve camino para terminar:

—Descansen, mañana saldremos temprano, hay mucho trabajo qué hacer. Y por favor, luego que yo me haya ido de aquí, no quiero volver a escuchar hasta la arquidiócesis de Morelia, ninguna trifulca más de su parte. ¿Está entendido?

—Entendido monseñor, cuente con ello, lamentamos haber actuado impulsivamente-dijo con pena, el presbítero a cargo.

Sin embargo, cuando un corazón se ha envenenado; no se detendrá hasta conseguir lo que su alma enferma busca.

LA PRIMERA
NOCHE

Fue como escuchar una voz ausente. Una voz conocida pero olvidada a fuerza de no pensar. Fue como deambular entre sonidos que parecían querer decir algo importante. El padre Rafael caminó por todo el seminario como si buscara el rincón de donde nacía esa lejana voz que articulaba palabras que le parecían sin duda, conocidas. Recorrió por horas la inmensa construcción sin terminar. Los bloques despedazados de ladrillos laceraban sus pies, sin embargo, a él sólo le importaba encontrar la fuente de aquella voz. Sus pies hacían un ruido rasposo, áspero, causado por la tierra que cubría el piso luego de los trabajos de construcción. Era como caminar en un desierto de arena sin sol.

Nunca llegaría a saber si lo que apareció frente a él en su mente, fue la memoria que como a espasmos se movía, o simplemente fue algo del pasado que parecía deambular entre los muros y pisos olvidados. Imágenes imprecisas de "El progreso del peregrino"; novela de Bunyan que había leído en su juventud adulta, cuando recién comenzó la aventura de construir el internado para seminaristas. En la imagen, él mismo era el personaje realizando un viaje inesperado a la ciudad celestial. Pero este viaje era distinto, ahora regresaría a casa, a la morada permanente que le estaba reservada por Dios.

En la oscuridad, sus sentidos parecían agudizarse, pero el impulso natural lo llevó a buscar algún interruptor. Cuando lo encontró, escuchó un susurro suave a sus espaldas: "No la enciendas, es mejor así." Voz femenina eternizada en el tiempo.

La voz no lo sobresaltó, tal vez porque en su registro básico de acontecimientos, no figuraba la normalidad, y tal evento parecía ser anormal. Antes bien se quedó inmóvil frente al muro, como esperando la siguiente indicación. Pasaron los minutos y no llegó. Se movió de lugar y regresó sin prisa a sentarse de nuevo a su cama. La espera siguió por varios minutos; mientras tanto, notó que, suspendido en la atmósfera, había un ligero aroma a Jazmín, y un vientecillo se paseaba por toda la habitación.

Para entonces, la actitud del padre ya era de una expectativa creciente, pues sin darse cuenta, comenzó a reconocer el aroma. Su atención se puso en alerta al notar el movimiento del viento a su alrededor. Ambos elementos: el aroma y el vientecillo, serían las primeras piezas de un rompecabezas que iría armando poco a poco. Antes de que el sueño lo venciera, y después de esperar por casi dos horas, la voz apareció de nuevo con la claridad que sólo le pertenece al agua del río que fluye: "Luego de la medianoche, luego de la medianoche..." Y así como surgió al principio, como de la nada, así se apagó; mientras, la voz interior del padre Rafael parecía inquirir: "¿Madre...? ¿Regina...?" Y casi al mismo tiempo el sueño lo venció.

Cuando despertó por la mañana, lo primero que vio con sobresalto al abrir los ojos, fue el rostro impaciente de Hermenegildo. Se incorporó de inmediato arrinconándose entre los muebles sin saber lo que estaba pasando.

—Soy yo, ¿no se acuerda que ayer platicamos?

El padre se fue incorporando paulatinamente hasta quedar de frente al guarda templo. Una vez frente a él, lo miró detenidamente como si lo estudiara por completo y dijo:

—No sé quién eres...— Luego salió de la habitación rumbo al jardín a pasar tiempo con Dios.

LA VARA
DE ALMENDRO

Con el paso de los años, la figura del padre Rafael se fue haciendo enjuta, y su carácter antes jovial y liviano, ahora lucía un tanto apesadumbrada, cargaba el peso de muchos que no estaban en condiciones de cargar nada que no fuera su diario vivir. La sombría obra del seminario interrumpida por falta de fondos, lo mantenía un tanto ausente de algunas de sus responsabilidades. Las caminatas largas que solía tener, ahora consistían en salidas breves para visitar a algún enfermo, o en casos de verdadera urgencia en que las familias colapsaban.

Sin embargo, ocasionalmente había en él un resurgimiento del espíritu aguerrido que llevaba dentro, y ofrecía una férrea batalla ante los intrusos de la fe y la vida de paz. Los chicos que asistían a las clases dominicales, no eran del todo santos, ni mucho menos; más bien parecían un montón de revoltosos que siempre estaban buscando crear problemas.

Allanaban casas, rompían vidrios, escupían por las ventanas y huían como cobardes vándalos. Jugaban en las calles con balones que maltrataban las puertas y ventanas, y aunque todo mundo sabía quiénes eran, no había forma de meterlos en cintura. Era una lucha de estrategias más que de fuerzas. El padre Rafael los conocía, y desde hacía tiempo trataba de buena forma enmendar lo que sus propios padres no habían conseguido. Y dada la temeridad de la horda ya tan bien conocida, guardaba siempre al entrar al atrio, una vara seca de almendro, que al batirla en el aire parecía silbar, haciendo un ruido como de cien abejas enojadas al vuelo.

Era tarde, más de las cuatro, y al conocer el itinerario del padre, el grupo de diez chamacos supieron que nadie estaba en el templo. Determinados a jugar un partido de futbol en el amplio atrio, saltaron la alta reja, no sin dificultades. En un dos por tres estaban del otro lado. No había nada que los pudiera detener una vez que se proponían hacer una maldad. Eran López, Juárez, Díaz; bueno, en realidad nadie los conocía por sus nombres y mucho menos por sus apellidos, así que diré que eran, el Mangas, la Gringa, el Burundanga.

El Roscas, el Beco, el Yupo, la Rata, el Gorditas, y otros más que ni vale recordar... Entraron con el balón entre las piernas; y de inmediato se dispusieron a comenzar el partido. Cinco para un lado y cinco para el otro. Todo debía ser rápido antes de que "Veneno" fuera liberado. "Veneno" era la mascota de los guarda templo, un dóberman negro gigantesco. Sabían que la afrenta tenía un riesgo doble: o que apareciera el padre Rafael, o que "Veneno" fuera lanzado al atrio. Y en ese último caso, serían todos como los gladiadores en Roma, sacrificados ante las garras y colmillos de un perro.

Cuando el partido estaba empatado y las acciones se tornaban más emocionantes, el narrador en turno (siempre era alguno de los colados que nadie había escogido en su equipo), al puro estilo del famosísimo Ángel Fernández, daba por cantado el gol del desempate terminando con la conocida frase; "...el juego del hombre..." Fue entonces que en el umbral de la puerta que daba a los dormitorios, apareció la figura imponente del padre, y en su mano, la tan temida vara seca de almendro. Como si se hubieran puesto de acuerdo, todos corrieron al unísono, unos para un lado tratando de esconderse donde fuera posible, otros trepaban los enrejados tratando de salir, pero la mano y la vara de la justicia, son muy largas, y sin poderlo evitar caían como moscas de los barandales. Otros más, tratando de esconderse bajo el altar, eran alcanzados por la velocidad supersónica del brazo que con violencia sacudía la vara. El dolor era tal que los cuerpos se retorcían. Uno aquí, otro allá, y otro por acullá...

Luego de varios días después, aún permanecían en la piel las marcas del castigo por infringir la ley. Nadie más que ellos lo sabían; claro, con la honrosa excepción del padre Rafael, cuyos castigos serían recordados por siempre. Alguien diría alguna vez, refiriéndose a esos instantes de dolor y desesperación, ante la impotencia de querer escapar y ser detenido: "Era como estar en una pesadilla. El semblante del padre Rafael se transformaba en alguien desconocido, uno que parecía más bien el rostro de la ira justiciera..."

DE NOCHE OCURRE
UN MILAGRO

Todo lo que el padre Rafael experimentó, quedó registrado en un pequeño diario que guardó perfectamente bajo llave en una caja metálica.

Sus notas aparecen muchas veces tachoneadas, como si un tiempo después de haberlas escrito, él mismo se arrepintiera y se propusiera borrarlas. Incluso algunos fragmentos están escritos en latín, pretendiendo tal vez mantener oculto su significado.

Ego sum panis vitae

Escribía obsesivamente como si el tiempo se le estuviese terminando, al parecer presentía algún evento extraordinario aproximándose. Muchas de sus notas en latín, eran puntos de partida para el sermón dominical.

Vivet in simplicitate cordis et in medio nequam

Estos sobresaltos o apariciones nocturnas, comenzaron a ocurrir desde la primera noche en que perdió la memoria. Los sobresaltos tenían el propósito de ser un aviso preparatorio para los encuentros que iban a tener lugar consistentemente.

Ille qui manet in me

Lo que es evidente es que le tomó tiempo comprender lo que aquello significaba, dado que cada día su memoria era nueva y sin recuerdos. Sin embargo, estas manifestaciones nocturnas habían de constituir su gran hallazgo; valorado tesoro en un presente ausente en el que habitaba como peregrino por una tierra que ya le parecía extraña.

Sunt in mundo; sed non sut de mundo

Y su gran preocupación siempre fue, rescatar a uno más de las garras del maligno que no descansa, y que, mediante el engaño, atrapa a seres indefensos contaminados de maldad, ofendiendo a Dios voluntaria o involuntariamente.

Quia omnis qui facit peccatum, servus est peccati

GALLINAS, GALLOS Y UN PERICO

La vida del campo era de vital importancia para el padre Rafael. Y por ello, tres días por semana los pasaba de manera íntegra realizando tareas de mantenimiento y adecuación. Los gallineros siempre requerían un tratamiento especial, y mayormente cuando las lluvias azotaban la región. Pues bien saben quiénes han visitado el estado de Michoacán; que las lluvias pueden ser en extremo abundantes.

Todos los recursos usados para cercar, alambrar, pintar, delimitar; eran donativos que los tenderos y propietarios de ferreterías, aportaban para "la obra del Señor". Algunas veces llegaba alguien al rancho con tres kilos de carnitas para la comida, era habitual comer así, y más tratándose de la aportación de carniceros y propietarios de restaurantes que amaban y admiraban la labor del siervo de Dios.

Las salidas en su jeep, tres veces por semana, eran una oportunidad para compartir juntos un día entero de recolección. La labor era sencilla: visitar las rancherías para recoger los diezmos, ofrendas y donativos "voluntarios".

Esa mañana llegaron bajo un sol radiante al rancho de don Jacobo Zenón. Diez hectáreas divididas en granjas de pollos, cerdos, gallinas ponedoras, borregos, gallos de pelea y, en un espacio muy amplio, las caballerizas, incluidos los dos caballos que corrían en el hipódromo. Don Zenón era un hombre regordete y tímido, aficionado a la comida y a las mujeres, pero sobre todo a la bebida. Apenas llegaron esa mañana y ya tenía en la mesa una botella de charanda de Uruapan.

—Caray hijo, ¿no te parece temprano para esa botella?
—Padre, usted sabe que cuando me visita, cualquier cosa es poco. Además, es para el desayuno que ya está casi listo.

—Bueno, siendo así, sírveme el primer sorbo, y mientras, que los muchachos vayan acorralando a esas dos gallinas que andan perdidas...

—Ándele pues padre, ya son suyas si las puede agarrar.

El padre Rafael gozaba de una cordial amistad con muchas de las personas que donaban de sus bienes; sin embargo, don Zenón le había dejado bien claro que nunca tocara ni sus gallos ni sus caballos. Y se lo refrendó categóricamente diciendo: "De ahí en fuera, agarre lo que a Dios le toca por derecho".

—Y los gallos hijo, ¿cómo van?

—No le buyga padre, no le buyga, porque ya sabe que para ese territorio Dios no camina...

—Ya lo sé hijo, yo sólo preguntaba sin ninguna malicia.

Al final del día, volvían al RANCHO DE LA FE cargados de animales provenientes de al menos tres o cuatro buenas almas. O dicho de mejor manera, como el mismo padre Rafael se anunciaba al llegar a la casa o rancho de alguna familia: "Buenos días, gente de Dios, buenos días".

Los gallos eran un asunto aparte. El padre Rafael se ocupaba personalmente de ellos. Los espacios designados para los gallos, eran lugares adecuados para que cada uno de ellos se desarrollara con la fortaleza y vitalidad que requería, para que así, llegado el día, pudieran dignamente representar al rancho LA FE.

Su mejor gallo era "el Apóstol", un giro que había ganado sus dos últimas peleas, por las cuales el padre Rafael obtuvo ganancias diez veces más que el valor de su gallo. Al final de su más reciente pelea, alguien de Santa Clara se acercó al padre para ofrecerle por su gallo "el Apóstol", 20 veces su valor. Era una enorme fortuna. Pero a pesar de ello, el padre la rechazó contundentemente.

Esa noche, por aras del destino, el gallo murió. Era un misterio, ya que lo habían revisado como siempre se hacía luego de una pelea. No tenía un solo rasguño en su cuerpo. Al parecer le habían hecho mal de ojo. Desde entonces, después de una pelea, el padre Rafael cubría sus gallos para que nadie los volviera a ver.

Luego de esa fatídica noche, el padre Rafael aseveraba que el mal de ojo existía. Incluso le dedicó un sermón a ese asunto. Habló a la gente de cosas bíblicas que nadie pudo comprender. Sostuvo durante toda su exposición que el diablo usa personas para que penetren en el alma de los demás a través de la mirada. Explicó que eso significaba el dicho "ojo por ojo", y que, al ser un acto de venganza, la misma se efectuaba por medio del ojo; por el ojo entraba la vida o la muerte. Ese día la gente no se miró a la cara. Todos salieron de la iglesia cubriéndose el rostro para no ser mirados y penetrados a través de los ojos. Cuando volvieron al rancho LA FE, el viejo perico los recibió con una frase que recién había aprendido: "Apóstol marica… Apóstol marica…" casi instintivamente, el padre le lanzó una pedrada que por poco lo manda al otro mundo.

"Pinche perico ignorante, no sabes ni lo que dices…" Y se fue murmurando un montón de palabras altisonantes, tratando quizá de darle salida a su dolor.

ESCAPAR DE LA REALIDAD

Los primeros días, luego de que todo cambió para el padre Rafael, resultaba bastante difícil mantenerlo vigilado todo el tiempo, así fue que, en un descuido, salió del templo sin saber a dónde se dirigía. Deambuló por las calles hacia el sur, y ya entrada la noche lo encontraron en la carretera que va a Pedernales.

Una mujer lo reconoció en una pequeña tienda de abarrotes. El tendero le había dado una bebida y esperaba a que le pagara el refresco. La mujer le dijo al tendero:

—Es el padre Rafael, el padre del templo de la Virgen de Guadalupe, sólo que no entiendo qué hace aquí a estas horas...

El tendero sugirió preguntarle si todo estaba bien. La mujer accedió.

—Padrecito, soy Luisa, y he ido a la capilla de Guadalupe, ¿usted se encuentra bien?

Ante el silencio y la evidente falta de respuesta, la mujer volvió a insistir:

—Padre, ¿necesita algo, vendrán por usted?

El tendero observaba detenidamente la escena y entonces le vino a la cabeza una mejor idea.

—Doña Luisa... por qué mejor no lo llevamos, yo estoy a punto de cerrar la tienda. Espéreme tantito.

Mientras el tendero cerraba, doña Luisa trató de entablar comunicación con el padre, pero fue inútil. Al contrario, en cuanto el padre notó que cerraban la tienda, se echó a caminar como antes, sin rumbo definido.

—Espérese padre, no se vaya, vamos a ir a dejarlo al templo; padrecito, espéreme por favor...— La voz de la mujer se perdía entre el viento revolcado con la tierra, y al mismo tiempo los pasos del padre parecían endiabladamente rápidos.

Cuando estuvieron en la pequeña camioneta estaquitas, la mujer le dio al tendero las señas por donde se había ido el padre. Metros adelante la mujer gritó:

—¡¡¡Ahí, ahí pegado a la nopalera de doña Bertha!!!

La mujer bajó con rapidez y casi obligó al padre a subir al auto.

—Suba padrecito, iremos a dar una vuelta, no se preocupe, yo lo voy a cuidar.

Cuando llegaron al templo, la gente iba y venía con apuro desde la calle de los escalones. Había una verdadera conmoción por la noticia de la desaparición del padre Rafael. Al verlo bajar de la camioneta, todos comenzaron a dar gracias a la Virgen, a Dios, a los santos, incluidos el tendero y la mujer que por poco son canonizados.

Mientras entraba al templo, jamás levantó la cabeza, su rostro no emitía emoción alguna, al parecer algo dentro de él permanecía inerte. La gente que se arremolinaba, deseaba expresarle su amor, su afecto, su alegría al verlo sano y salvo; pero a cambio, sólo recibía una indiferencia involuntaria, expresada desde una mente vacía de recuerdos...

ENTRE EL CIELO Y EL INFIERNO

Una cosa es recordar voluntaria y conscientemente, y otra, ser víctima de las evocaciones que aparecen sin invitación. Es un hecho que, para el padre Rafael, los misterios de su vida y el giro que ésta había tomado en los últimos meses tenían un significado que ni en la otra existencia hubiese podido desentrañar.

Las tardes calurosas en tierra caliente, eran siempre temporadas áridas y asfixiantes, pero pese a ello, sus pobladores se las ingeniaban para mantenerse frescos, ya que la región gozaba de abundante agua al estar rodeada por ríos y cascadas. Una de esas tardes, luego de que la comida apaciguara los ánimos y diera paso al mal del puerco, el padre Rafael se fue a caminar al pequeño jardín externo, el cual se encontraba en colindancia con el atrio. Allí se detuvo por varios minutos admirando la figura de aquella mujer tallada en piedra. La contemplación ante las formas y los detalles lo tenían absorto como nunca, sus manos dibujaban en el aire la misma silueta que encontraba en la gastada roca.

La figura cacariza de dimensiones naturales, la había tallado un artesano de Tzintzuntzan, y en una visita a unos familiares, conoció al padre Rafael. Aquella ocasión, casi en secreto de confesión, el hombre le preguntó en voz muy baja al padre:

—Oiga padre, ¿será malo reconocer que mientras fui tallando esa escultura, en mi mente me iba imaginando a esa mujer; con esos ojos, con esos grandes senos y con esas grandes caderas?

El padre Rafael, respetuoso e inteligente como era le dijo:

—Eso depende hijo... Porque imaginar nada tiene de malo.

—¿Depende? ¿De qué padre?

—Depende de hasta dónde llegó tu imaginación. Yo soy padre, pero sé cosas...

—¿Qué cosas sabe usted padre?— preguntó el hombre con cierta malicia.

—¿Qué, ahora me vas a interrogar tú?

—No padre, usted disculpe. Pero es que...

—Nada, lo que pasa es que te excediste en tu imaginación y de seguro...

—¿Cómo lo supo padre, eso fue, me excedí, como usted dice. Pero no solo imaginé, también mientras le daba forma yo...?— el padre lo interrumpió adivinando lo que diría.

—Ya no me digas más, sé a dónde vas a llegar. Ponte a cuentas con Dios y reza cinco "padres nuestros y dos aves Marías". Y la próxima, toma el control de tus pensamientos, no permitas que la imaginación te lleve a pecar. Ya lo dijo el reformador Martín Lutero: "No puedes evitar que las aves vuelen sobre tu cabeza, pero sí que hagan un nido en ella".

—¿Las aves? ¿Son malas las aves padre?

—Olvídalo, termina tu chocolate que se te va a enfriar.

La estatua llevaba varios años olvidada en un rincón del jardín; no estaba arrumbada, pero sí olvidada. Y en realidad no era fea, era una mujer que tenía en sus ojos una tristeza extraña, tal vez la soledad del mismo artesano puso en ellos su mirada vacía y sin destino.

Dicen que los ojos son el abismo del alma, y que a través de ellos podemos descubrir las dolencias del hombre. El padre Rafael era especialista en mirar adentro. Con solo ver a los ojos a una persona, ya sabía de qué pie cojeaba. Quizá por ello, muchos que se lo encontraban en la calle, le sacaban la vuelta con la excusa de llevar prisa. Deducían incorrectamente que, si se apresuraban, no le daban tiempo de usar su escáner espiritual.

Pero ahora, parado frente a esta mujer representada por medio de una escultura, nada encontraba en sus ojos de piedra, nada en su rostro frío y duro, nada en sus formas simétricas y voluptuosas; nada que lo hiciese volver en sí.

Luego de dos horas de sublime abstracción, de pronto su cuerpo se comenzó a balancear, primero lenta y suavemente como si se meciera; y luego, casi violentamente. Cuando Mercedes lo buscó, lo encontró con el miembro en su mano teniendo todavía los últimos estertores onanísticos.

La evocación lo había sorprendido a él, de la misma manera en que Mercedes fue sorprendida. Al verlo, se cubrió los ojos y pidió a su esposo que fuera a poner en orden la ropa del padre.

Se lo había dicho muchos años atrás a este artesano: "Los pensamientos vienen y dan a luz la imaginación, que a veces es perversa..."

DE NOCHE VIENES
I

"¿Recuerdas cuando de niño jugabas a ser adulto, y pretendías llegar a casa con una canasta llena de provisiones para que no me faltara nada? Y decías entre risas: ya llegó el hombre de la casa. Nunca supe dónde habías escuchado esa expresión".

—La escuché una noche en casa de un amigo. Su padre recién llegaba del trabajo, y al entrar dijo: "llegó papá, llegó el hombre de la casa". Sus tres hijos corrían a abrazarlo, era una escena que yo imaginaba siempre. Pero dentro de esta imagen creada, lo más sorprendente y agradable, era ver tu sonrisa. Era un gesto de seguridad, de saber que uno pertenece y es amado, no solo de sentir algo, sino, además, saber que algo es real, y para ti, ver a tu hombre era algo real que te llenaba de orgullo.

El dialogo tenía lugar en plena oscuridad, pero de vez en vez, un destello inexplicable saltaba en medio de la nada.

—Sabes mamá, nunca he tenido claro el rostro de mi padre, la única fotografía que tengo de él, es tan vieja que ya no se definen sus facciones.

"Era como tú, alto y hermoso. De mirada penetrante y andar firme. Nunca titubeó ante las decisiones que debió tomar, y no es necesario que te recuerde que las decisiones que debió tomar fueron de vida o muerte. Los pocos años que te pudo amar lo hizo con tal intensidad, que parecía saber con anticipación que no te vería después. Estoy segura que te amó de esa forma, para dejar en tu corazón una marca imborrable".

—¿Qué me pasó?

"Cosas de la vida mi amor".

—Lo que más me duele es no poderte recordar. Me duele no ver tus ojos, aunque sea en el recuerdo. Me siento como probablemente sintió mi padre aquel día de su muerte, bajo el peso de toneladas de tierra sobre su humanidad y sobre su recuerdo. Esa tierra me pesa hoy, como pesa el destino incierto sobre el hombre que sabe que morirá. Pero eso, no lo puedo remediar. Ya mi mente no me sirve. "Pero aquí estoy. Para eso vengo cada noche, para que tu corazón nunca me olvide, a pesar de que tu mente viva en otra realidad".

—¿Cómo viviré con esta incapacidad permanente de no saber quién soy?

"En tu corazón sabes quién eres, en tu espíritu sabes quién eres. Dios no se ha olvidado de ti. Yo no me he olvidado de ti. Y creo que aquí donde has vivido y donde has servido nadie te olvidará, nadie podrá borrar de su recuerdo tu rostro sonriente, tus manos serviciales y tu corazón que ha sabido amar y abrazar a pesar de la adversidad y el dolor".

—Quisiera que esto fuera real. Que mañana todo esto permaneciera conmigo. Que al abrir los ojos viera de nuevo tu rostro, tu hermoso rostro mamá...

Las noches de visitación eran las mejores. El padre Rafael dormía hasta tarde a la mañana siguiente, era como si un fuerte cansancio se apoderara de él; y, sin embargo, al abrir los ojos, nada quedaba en su memoria, solo una sensación de plenitud en su espíritu...

UNA MARCA
DE AMOR

Cuando el padre Rafael murió, las campanas sonaron a muerto, el río de gente se agolpó en espera de poder verlo por última vez, y ya entrada la noche, las luciérnagas engordaron para dar más luz. Los constantes apagones de energía eléctrica hicieron que las brigadas de trabajadores se apersonaran hasta resolver el desperfecto.

La consternación fue como una sombra que cubrió al pueblo. Las mujeres iban y venían llenando los altares de veladoras; y en el ambiente, el rumor de los rezos no paraba de escucharse, convirtiendo aquel lugar en una densa bruma espiritual.

Sólo se encontró a sí mismo cuando se detuvo y guardó silencio. Sus palabras dejaron de existir y su respiración se convirtió en anestesia para el dolor que la propia vida le había causado. Se pudo reconocer en cada doblez del alma, pudo al fin asumir que el vacío ya no tenía poder sobre él. Este nuevo descubrimiento en los límites del territorio virgen entre la vida y la muerte, lo cimbró por completo, provocando que su piel se erizara; nunca la realidad le había golpeado el rostro como ahora, mientras daba los primeros pasos camino a casa...

Todo ocurrió de noche mientras el pueblo dormía. El padre Rafael estaba a punto de cumplir un año de haber perdido la memoria. Y a pesar de que todo en él había cambiado, conservaba la esencia del hombre santo de Dios. Había dejado una marca indeleble en las personas a las cuales conoció entrando a sus casas, comiendo con ellas, hablando de sus problemas: empatía que ya poco se ve en este tiempo.

Hacía sentir importantes a las personas, pero también era de una sola pieza cuando debía llamar la atención. Su vida estaba llena de anécdotas graciosas y otras que más bien parecían lecciones de vida.

Cuando el féretro llegó, las cientos de personas reunidas comenzaron a reclamar algo más digno. La caja de un color café deslavado daba la impresión de haber sido adquirido en una rebaja. Así que más tardó en entrar que en salir. La comitiva encargada se vio obligada a regresar para hacer una elección más concienzuda. Y así fue, volvieron con un ataúd blanco con finos vivos en negro, elegantísimo. De inmediato fue aprobado por unanimidad. Las limosnas crecieron esa noche como un acto providencial.

Lo que pocos supieron entonces fue la forma en que el padre Rafael había muerto. Tal información permaneció oculta para no alterar al gentío que seguía llegando como traídos en manada. Ese misterioso secreto, provocó que la ceremonia y la velación se extendieran por cinco días, hasta que todos los asuntos legales se hubieron aclarado.

La noche en que murió, como dije antes, todos se fueron a dormir como cualquier otra noche, pero muy dentro del corazón del padre Rafael parecía haber una certeza de lo que estaba por acontecer.

Diálogo en en el Espejo

El texto más lúcido que jamás leeré.

Esa mirada no la reconozco y hace siglos que ese rostro me parece tan ajeno que no logro hilar una imagen coherente que se le parezca tal vez por causa del tiempo que pasamos juntos sin conocernos las horas en que caminando a la par nos buscábamos sin encontrarnos hasta el día en que uno de nosotros se escondió detrás del otro como se oculta un cobarde en medio de la crisis la cosa es que no recuerdo nada de ti ni tu risa ni tus gestos y por cierto esos ojos no me dicen nada porque si algún día existió algún vestigio de vida en ellos hoy están muertos como esta realidad que nunca descubriste aunque me mirabas cada mañana en este mismo espejo que hoy nos atestigua lo digo porque lo imagino no porque lo recuerde bien sabes que las tinieblas por las que atravieso cada día son tan profundas que siempre me pierdo pero a veces no quisiera regresar desearía quedarme en ese abismo de soledad donde nadie me conoce y a nadie conozco que me dejen en paz las sombras que me deje en paz el dolor que por siempre me punza como si una aguja penetrara mi corazón cada vez más profundo he dejado de existir he dejado de ser lo que conociste y el espejo no podrá devolverte la imagen conocida que buscas porque yo mismo he sido un fantasma para ti por las noches me buscas pero lo que encuentras son tus propios espectros tus propias sombras que te persiguen ya no eres como yo tú persigues otros fines y yo sólo quiero acallar este grito lastimero que me carcome y se me clava entre el pasado y el presente es un aguijón doloroso que me persigue y me atraviesa cuando duermo y sueño realidades inexistentes que parecen adivinar nuestros pensamientos son como pantanos que nos absorben hasta despellejar nuestro exterior y por ello cambiamos nos transformamos en seres indescriptibles lo mismo que aborrecibles seres que muestran un rostro que no es el suyo pero la vida es un pantano profundo que nos desnuda siempre somos un remedo de información ficticia que demuda sus ropajes con cada decisión con cada dato que nos habita y que forma parte muy adentro en lo profundo de nuestra esencia histórica del pensamiento ¿o acaso ya todo se encuentra registrado y es por ello que hablamos y escuchamos como si fuera una prefiguración de cosas eternas que se repiten hasta el infinito decimal donde los números no alcanzan y las mentes prodigiosas se cansan entre tantos pronósticos aritméticos? Tal vez la vida represente un ciclo interminable que ni se cierra ni se abre, sino que depende de las edades de los adelantados que pueden interpretar lo que deseamos antes de que lo pensemos como ahora en que tu mirada parece detenida frente a la mía donde los espacios reducidos nos saturan de un aroma mortecino que invade la piel tuya ¿o la mía? El caso es que sin más rodeos nos hemos encontrado entre silencios que nada dicen que nada representan y en esa extensión de lo que se llama vida tu mano se extiende hacia mi rostro donde milímetro a milímetro la piel se ha comido mi pasado...

Consejería de Banqueta

Era un viernes caluroso del mes de mayo, y el padre Rafael subía la empinada calle para llegar a tiempo y oficiar la misa de seis. Pero no contaba con que algunos metros antes de llegar, el pequeño Gregorio lloraba disimuladamente y, con uno de sus pies, pateaba una y otra vez una piedrecilla. Sin importarle la hora, hizo un alto y se sentó en la banqueta con aquel niño de siete años. Trató de inquirir poco a poco lo que le ocurría.

—¿Qué te ocurre Goyo, te duele la panza?

El pequeño movió la cabeza negativamente. El padre volvió a insistir.

—¿Te pegó tu mamá, o te molestó tu hermano?

Esta vez no hubo respuesta. El pequeño se llevó las manos al rostro tratando de borrar las marcas que las lágrimas iban dejando.

—¿Hay algo que quieras contarme?— ya con un tono más amigable.

Por vez primera el niño intento mirarlo, pero se detuvo. Fue entonces que el padre supo que algo malo estaba pasando.

—Si quieres, puedes contarme. Yo muchas veces le cuento a Dios cosas que me resultan muy difíciles de decir.

—Al fin pareció que el pequeño Goyo se animó a hablar.

—Es que... ellos me llevaron al parquecito por un perrito. Pero luego, me dijeron que la señora no estaba en su casa.

Y de pronto, el llanto le sobrevino incontenible, como la lluvia inminente que nadie puede detener.

—Y entonces, no estaba la señora del perrito... y, ¿qué pasó después?

—Ellos me dijeron, "Bájate el pantalón o te vamos robar". Yo me escondí, pero ellos...

—¿Ellos qué hicieron Goyito? Dime qué pasó después... El pequeño hacía un gran esfuerzo por estructurar las ideas y las palabras.

—Me bajaron el pantalón y me hicieron cosas, cosas que me dolieron...

—Necesito saber quiénes son ellos. ¿Puedes decirme, como un secreto entre tú y yo?

—No quiero que ellos me peguen, dijeron que si decía algo me robarían para pegarme con su puño en mi cara. El padre guardó la calma y trató de infundirle seguridad a Goyito.

—No te preocupes, yo soy grande, puedo hablar con ellos para que no te molesten. ¿Quieres que hable con ellos?

—Está bien.

—Bueno, entonces tienes que decirme quiénes son.

—Es Ernesto y Ramón.

—¿Los hijos de doña Camila?— Preguntó casi afirmando. El pequeño asintió con su cabeza, ya un poco más tranquilo.

El padre Rafael inició una investigación que pasó por una confrontación con la madre de los jóvenes. Acto seguido, hizo que le pidieran perdón a Goyito. Pero ya para entonces, los padres del niño afectado pedían la intervención de las autoridades. El padre mismo acompañó a la familia a levantar el acta. Dos días después surtía efecto. Ambos jóvenes fueron enviados al reformatorio de Morelia, donde pasaron unas vacaciones de ocho meses.

El padre Rafael no guardó silencio, y dedicó el primer sermón de domingo, luego del acontecimiento lamentable, al pecado y la vida de disolución. Fue uno de los sermones más duros y ciertos que se escucharon en mucho tiempo. En ambas misas, la de la mañana y la de la tarde, fue lo mismo. "No permitan que el enemigo tome ventaja". Sus palabras retumbaban entre los muros y escapaban hasta lugares inimaginables: "Sean santos, en medio de esta generación perversa". Y remataba diciendo sin pelos en la lengua:

"¡¡¡No sean como estos hijos de satanás, Ernesto y Ramón, que, tomando ventaja de un niño inocente, lo han violado, amenazándolo con golpearlo si hablaba de sus fechorías!!!"

En los próximos meses, Goyo sería parte del ministerio de recolección de donativos para los pobres. El padre Rafael fue como un mentor para él y para muchos más, siempre con la palabra precisa y llena de sabiduría.

Muchos años después, el mismo Goyito, hablaría del padre Rafael en su ceremonia de ordenación, titulando su discurso: "Hombres enviados por Dios".

EL PALO
ENCEBADO

Una vez al año, la parroquia celebraba la kermés dedicada a la Virgen de Guadalupe. Entre buñuelos endulzados con piloncillo, atole de calabaza, corundas, uchepos y tostadas de tinga de res, los feligreses y visitantes se daban un festín inolvidable.

Al filo de la medianoche, ya se tenía elaborada la lista que contemplaba a los participantes para intentar subir al palo encebado, que no era más que un poste de siete metros de altura embadurnado de manteca de cerdo. El premio era descubierto por el ganador al llegar al final del palo. La copa del poste se hallaba regularmente rodeada de regalos que aun a la distancia se antojaban valiosos. Botas de trabajo de buena calidad. Un par de tenis exorcista, unos lentes de sol, un sombrero tejano, unos pantalones de mezclilla, y más; el único detalle era que el reto no resultaba para nada sencillo.

Ante todo, este espectáculo festivo, el padre Rafael se mantenía siempre un tanto al margen, permitiendo así, que las mismas personas de la comunidad se organizaran y generaran entre ellos una mayor cordialidad. Disfrutaba viendo a las parejas bailar en el entarimado, y cuando alguna mujer lo sacaba a bailar, en el primer descuido se escapaba. Luego se le veía lleno de alegría hablando con alguien, mientras saboreaba un delicioso ponche de guayaba.

Esa noche sería distinta. Mientras el tercero de los participantes hacía todo por subir al palo encebado, una gran astilla se desprendió del poste de madera. Sin darse cuenta, el joven que seguía ascendiendo, resbaló y la astilla se clavó en su trasero atravesándole totalmente el glúteo. La sangre brotó al mismo tiempo que el pobre quedó atorado sin poder bajar. El padre corrió de inmediato y pidió una escalera. Se hizo a un lado la sotana y él mismo subió a desatorarlo. Era una cornada brutal, y el burel era el poste inmisericorde. Pero el padre había aparecido para hacerle el quite.

Meses después, aquel joven presumiría la marca de su osadía. Contaría una y otra vez la forma en que el padre Rafael lo desencajó de aquella lanza de kermés.

DE NOCHE VIENES
II

Aquella noche fue la víspera de año nuevo, el padre Rafael estaba por cumplir seis meses en su extravío. Una brisa repentina le anunció que su madre había llegado, el viento aquel se paseó por la sala donde miraba televisión. De inmediato se puso de pie y abandonó el aparato a su suerte, Mercedes se percató y fue tras él para asegurarse que todo estuviera en orden. Volvió dejándolo solo en el pequeño jardín del atrio del templo.

Algunas personas habían ido para acompañar al padre Rafael a pasar el fin de año y darle la bienvenida al nuevo. Sin embargo, dada la condición del padre, algunos de los invitados ya se habían retirado.

Allí, sin que nadie fuera testigo, excepto Dios, sostuvieron un diálogo que duró poco más de dos horas. La lucidez con la que el padre le planteaba a su madre las preguntas, haría dudar a cualquiera de su condición. Cada respuesta arrojaba luz a su pasado nublado por su condición presente.

"Vengo porque quiero que tengas claro que tu vida ha tenido valor, ha sido una dicha para muchos haberte conocido, estoy segura que si tu padre viviera, se inflaría como pavorreal presumiendo a su hijo, a su único y primogénito hijo. Vengo porque te veo llorar de impotencia, porque veo que nadie entiende lo que llevas por dentro. Vengo porque te amo, y para decirte que yo también lloro al verte sufrir, pero no hay nada que podamos hacer, excepto aprovechar este acceso que Dios nos ha permitido".

—Madre, yo quisiera decirte que lamento tanto que hayas visto morir a Viveka tan joven. Nunca debió pasar. Aún me despierto por las noches llorando mientras grito desesperadamente: ¡¡¡No, no lo hagas por favor!!! Pero ella, solo me mira por un instante, y con los ojos inundados de sombras, se arroja por el balcón. Qué dicha la del que muere, todos sus pesares mueren con él... pero el que queda en vida, carga una pesada cruz que no se puede evadir.

"No sientas pena por mí, ella descansó del martirio que fue la vida que le tocó vivir, o tal vez fue esa la vida que escogió vivir. Muchas veces le pedí que se fuera a vivir conmigo, que viniera a México, que juntas podríamos salir adelante; pero desde que lo perdió todo, se fue apagando poco a poco, como una lámpara de aceite que se va quedando sin luz..."

—Ya no quiero soñarla, quiero saber que ella está mejor, pero aún no tengo confirmación de mi amado Dios. Por las noches, cuando estoy contigo madre, quisiera registrar todo aquello de lo que no soy consciente durante el día. Quisiera salir a la calle y saludar a tanta gente que ya no he visto, que ya no recuerdo, personas cuya voz y rostro se me han ido extinguiendo en el interior; pero creo que, si lo hago, si me aventuro a salir a la medianoche, mientras permaneces en mí, voy a provocar una gran confusión en las personas.

"Estar vivo es la mejor oportunidad que tenemos de cambiar las cosas. Pero me temo hijo mío, que Dios ya tiene todo planeado para ti. El Dios al cual has servido con fidelidad, ha preparado un camino especial para ti, pues eres uno de sus escogidos en la tierra".

—No tengo temor madre, mi corazón está en paz...
En ese instante apareció Mercedes para tomarlo del brazo. Ya pasaban las dos de la madrugada. Esa noche no soñó con Viveka. Al parecer Dios lo había escuchado por fin.

LECCIONES DE BOX

El padre Rafael siempre fue aficionado al box. Influenciado seguramente por uno de sus escritores predilectos, el norteamericano Ernest Heminghay de quien había leído casi toda su obra.

Aquella tarde, mientras leía Por quién doblan las campanas, notó a dos jovencitos que intentaban sostener una pelea de box en plena calle. Al notar sus serias deficiencias, se acercó a ellos, y con un ademán pugilístico, les hizo saber su interés.

—¿En verdad quieren aprender?

A la pregunta no le siguió ninguna respuesta, pero sí el interés jadeante que no les permitía hablar.

—¿Nos va... a enseñar?— Lanzó uno de ellos la pregunta como respuesta.

—Si quieren... ¿Quieren?

—Solo si no nos obliga a rezar entre cada round...
Los tres soltaron la carcajada como si fueran íntimos amigos.

—De acuerdo, pero tendrán que hacer lo que yo les diga.

—Bueno, pero eso dígaselo a él, porque yo sólo estoy haciendo de sparring— dijo el más delgado, señalando con el guante a Fernando.

—Muy bien, entonces tú serás mi asistente en la esquina.

—¿En cuál esquina?

—En la esquina del cuadrilátero, cuando tengamos la primera pelea.

—Yo no quiero ir a un cuadrilátero, solo quiero entrenar— dijo Fernando un poco atemorizado por el avance de los planes.

—Déjate de eso, son niñerías; nadie entrena nomás porque sí.

Cuando Fernando presenció en el pueblo por primera vez una pelea de box en vivo, quedó impresionado con el sonido de los guantes chocando con la humanidad del oponente. Le gustaba la forma en que los boxeadores de la televisión esquivaban los golpes. Y hacia allá fue con los planes.

—¿Me enseñará a esquivar los golpes rectos y los que vienen de abajo?

—Se llaman uppercut. Y sí, te voy a enseñar el arte de esquivar golpes.

—Hecho. Entonces ¿cuándo comenzamos?

—Ya, ahora mismo.

Esa fue la primera mañana de entrenamiento. Mientras el padre leía a Hemingway, Fernando entrenaba repitiendo los movimientos una y otra vez. De tiempo en tiempo el padre levantaba la mirada para corregir algún ejercicio mal ejecutado. Fernando era un alumno disciplinado. Y por ello sus avances fueron notorios desde los primeros días.

Cuando el padre Rafael lo creyó conveniente, trajo a un sparring del calibre de Fernando para probar los avances. Justo en la explanada del templo, hizo construir un ring de entrenamiento, no con medidas reglamentarias, sino de cuatro por cuatro metros. Ahí metió esa mañana a los dos oponentes.

En cuanto los dos comenzaron a soltar golpes, de inmediato se vio la destreza de Fernando, y fue justo en el segundo round de entrenamiento, que un gancho al hígado dobló al sparring, dejándolo sin posibilidad de recuperación.

Fue ahí que el padre decidió dos cosas: que el sobrenombre del muchacho sería "el Hígado", y que esa semana tendría su primera pelea.

Con el tiempo, el apodo "el Hígado", se volvería famoso en el pueblo y en muchos otros lugares de Michoacán.

Hacía algunos meses que en el pueblo se efectuaban peleas de box los sábados, la gente bajaba hasta las colindancias donde, a un gringo, se le había ocurrido la idea de construir un auditorio techado con lona, con un ring profesional en el centro. Los entablados laterales daban la idea de un pequeño estadio, era un espacio que superaba los mil metros de terreno, suficiente para sentar a unas trescientas personas. Las noches de sábado, aquel lugar se llenaba a reventar.

Las vendedoras de cerveza iban y venían entre el gentío.

Ese sábado fueron juntos a ver el box. Al terminar la función, el padre Rafael a quien, no está demás decir, respetaban y conocían por doquier, se acercó al organizador para anotar a su boxeador.

—¿Y los gallos padre, ya los dejó en el olvido?— le dijo el gringo en un español casi perfecto.

—Nombre... ¿Y este qué, no es un buen gallo?

—Oiga claro que sí, tiene razón. Mire, le explico cómo está la cosa. Cada semana se sortean los nombres de cada categoría; veo que su muchacho es welter, entonces se sortea con los que son welter. Se hace la cartelera el miércoles, y ustedes ya el jueves saben quién es su contrincante.

—¿Tres días para estudiar al rival?— Preguntó el padre un tanto ofuscado.

—Hombre, pues ¿cuánto quería? Si no son profesionales.

—Eso sí. Pero es muy poco tiempo. Ni hablar...

Una pelea de box, es una lucha de estrategias.

Es casi como una partida de ajedrez, quien tenga mejor estrategia, ese ganará. Por lo tanto, para enseñarle a su boxeador esos principios, tuvo que enseñarle a jugar ajedrez. Por las mañanas, luego de la misa de seis, entrenaban.

Y por las noches, antes de misa de ocho, jugaban ajedrez.

De nada valió conocer el nombre y apodo del contrincante, nunca lo habían visto pelear. Nicanor "el Bombardero". Lo único que se sabía de él era que tiraba una zurda de miedo. Al parecer era suficiente saber, al menos, de lo que debían cuidarse. Los últimos dos días previos a la pelea, el entrenamiento versó acerca de cómo esquivar golpes de zurda.

Cuando llegó el sábado, la gente comenzó a bajar a la arena de box. Los carteles que habían pegado, anunciaban el debut de Fernando alias "el Hígado" vs Nicanor "el Bombardero". Y aunque no era la pelea estelar, despertaba entre los aficionados una curiosidad extraña.

La pelea llegó a tres rounds, el Bombardero estaba exhausto, tal vez porque su peso rebasaba por mucho la categoría welter. A la mitad del tercer round, un gancho al hígado lo mandó a la lona. Fernando le clavó la mirada deseando que no se levantara, pero el Bombardero se puso de pie. Escuchó al padre Rafael gritar a sus espaldas: "ve por él". Como si en ello se le fuera la vida, se abalanzó con golpes rectos y cruzados, pero un bolado de mano derecha lo devolvió a la lona. "el Bombardero" estaba en otro planeta. El referí terminó de contar: "diez".

Había ganado su primera pelea. Había noqueado en su primera pelea. El padre celebraba como si fuera un niño. Era también su victoria.

Desde ese día, cada vez que alguien se encontraba con Fernando en la calle, lo saludaba con expresiones como: "Ese Hígado". "Qué tal Hígado". "Buena pelea Hígado". El apodo se le quedó como una marca registrada.

Luego de cinco peleas invictas, le tocó la suerte de enfrentar a un exboxeador profesional. "El Hígado" y la lona se conocieron de cerca. Durante los cinco rounds que duró la contienda, el apodado "Kid Mantecas", fue como una espina en su costado. Una taza de su propio chocolate. Le magulló el hígado a más no poder. Hasta que un gancho que se le clavó en lo profundo del costado lo dobló bajo un dolor indescriptible. Aquella noche no durmió a causa del intenso dolor. Sobra decir que cada que iba al baño orinaba sangre. Ese fue el final de su meteórica carrera como púgil.

La Palabras

Cuando emergieron las palabras, estas fueron construyendo mundos tan sólo comprensibles a la luz de las visitaciones nocturnas de mamá Regina.

Pero ese registro de palabras no contenía significado alguno para la mente vacía del padre Rafael; sin embargo, había un texto breve, que más que un simple texto, era una expresión nacida desde el alma. Tenía la forma poética libre de los poemas de Whitman o de León Felipe; se hallaba cargada de esa lírica que sacude hasta el tuétano de los huesos, donde habita el verdadero sentir del hombre.

El poema era una sutil invitación a restaurar el tejido que por años no había cicatrizado; era, en suma, un texto escrito con la intención de arrojar luz a un misterio no resuelto. Pero como ya lo he dicho, el padre Rafael no estaba en condiciones de hilar ninguna idea durante el día; pero por las noches, leía una y otra vez cada palabra, y al hacerlo, su rostro parecía iluminarse de tal manera, que confirmaba sin saberlo, cada palabra escrita y ahora descubierta.

Este poema le fue dictado una de esas noches, la voz apenas audible de mamá Regina, se fue apagando gradualmente para no volver más, hasta la fatídica noche en que ambos, madre e hijo, coincidirían por última vez en este mundo.

Este es el texto.

Entretejidas en tu infancia están:
la sonrisa de tu padre
y la mirada amorosa
de tu madre...

Tus pequeñas manos tocaban mi rostro, acariciaban mi rostro; debajo de mi piel estás tú, están tus recuerdos, escondidos en la mirada de una madre que busca a un hijo extraviado.

Todo vive y se renueva,
todo muere y sucumbe;
eres el sueño que tuvimos,
la viva imagen
de la dicha cumplida.

Cansado de buscar, tu interior reclama, rendido, tus fuerzas flaquean, pero debes saber que tu recuerdo me habita; tu memoria en mí es evocación continua, es respiración vital.

Tu olvido no es el fin de los recuerdos; es el principio de la evocación en orfandad. Entre tu piel y la mía, el nombre de tu padre fue escrito, consigna perene que te despierta por las noches en que las estrellas son testigos de tu ausencia.

Mis ojos te vieron
cuando aún eras embrión,
y ante el poder creativo
un mundo nuevo
fue abierto para ti;

eres y serás siempre
la extensión del amor
de tu Dios en la tierra;
Su resplandor permanecerá
eternamente sobre ti...

DE VUELTA A CASA

Se acostó como siempre con la biblia en su regazo. Tenía el hábito de leer al menos durante una hora para luego dormir casi de inmediato. Era notorio que así había sucedido. La biblia permanecía abierta en el libro de los salmos, y marcado con un plumón amarillo el capítulo 116 y el verso 15. Por supuesto que nadie puso atención a este dato hasta la mañana siguiente. "Estimada es a los ojos de Jehová la muerte de sus santos".

Al parecer se había postrado de rodillas en el piso, apoyándose en el filo de la cama para elevar sus plegarias. Y este es uno de los grandes misterios de su muerte, o más bien de su vida, luego de perder la memoria: nunca olvidó el significado de la palabra "Dios". Solían encontrarlo de rodillas elevando suplicas por el mundo entero. Orando e intercediendo quizá con la porción de memoria espiritual que aún poseía. Tardaba horas en volver a su habitual normalidad. Era un hecho que Dios descendía mientras lo escuchaba adorar y clamar. Muchas personas que lo vieron orar dicen que lo rodeaba una luz intensa que no permitía que nadie se acercara. Era, dicen, como un muro de fuego que lo circundaba.

Fue en el mes de julio cuando su vida se apagó. Unos días luego de su cumpleaños, que era, como todos sabían, el 14 de julio. Esa noche registró algunas notas que parecen ser resultado de una conversación con su madre. Jamás las mostró por temor a ser expulsado o denunciado. Pues era un tiempo en que la diócesis ya estaba de vuelta tras los derechos de la iglesia de Guadalupe.

Todo parece indicar que esa noche, luego de haber orado, habló con su madre como solía hacerlo. Al finalizar dejó su cuaderno de notas a un lado, y del otro, su biblia Reina Valera revisión 1960.

El rastro de sangre alcanzaba a llegar hasta la entrada de su habitación. No había marcas de violencia o cortes en alguna parte del cuerpo. Su rostro limpio permaneció siempre con los ojos cerrados, era un semblante de paz. Parecía simplemente haber dormido.

Sin embargo, al girar el cuerpo para que el médico forense pudiera examinarlo, se encontraron las palmas de las manos totalmente ensangrentadas; pero ninguna marca delataba la abundante sangre. Ambas manos estaban ensangrentadas por la parte de las palmas. El dorso estaba limpio. La revisión demostró que no existía ningún corte, raspón o fractura. De manera inexplicable, aquella sangre parecía haber manado de su cuerpo, pero sin marcas o huellas, todo quedaba en el aire. Las sábanas blancas tenían las marcas de sus manos. El médico forense prohibió la entrada a cualquier persona; hasta no hacer las pruebas periciales correspondientes, esa habitación permanecería clausurada.

Cinco días después de su muerte, aún no había resultados. Se preparó una capilla especial en el templo, donde se le dio santa sepultura. A un costado de su tumba, permanecía sin cambio el altar donde durante tantos años celebró misa. Se erigió una placa de mármol con su nombre y una inscripción que aún hoy dice: "Aquí descansa el siervo de Dios. Vivió para servir y se dio en amor al prójimo, tal y como su Padre se lo pidió. Descanse en paz RAFAEL KLEIN GONZÁLEZ. (1913-1978).

Esa noche, luego de que el gentío se había marchado, un par de mujeres limpiaban el atrio y el templo. Al llegar a la tumba del padre Rafael y rodearlo para limpiar al Cristo crucificado descubrieron sorprendidas que sobre el cuerpo de la figura de mármol había dos marcas rojas que bajaban desde el pecho hasta sus piernas. Como si dos manos hubiesen tratado de llegar hasta su rostro, y en su descenso producto del fracaso, la evidencia sangrante...

A este hecho le siguió un gran alboroto que provocó el arribo de cientos de personas. Los forenses se llevaron muestras de aquella cáscara rojiza aún húmeda. Pero mientras, el delegado apostólico para El Vaticano, ya tenía noticias de lo que estaba pasando. Y en menos de tres días ya estaba una comitiva integrada por el monseñor y el arzobispo en turno, ambos de Morelia y designados por El Vaticano.

De inmediato comenzaron a celebrar misa tras misa, rosario tras rosario, con la presunción de que el padre Rafael era un santo. Ahora, no hay que olvidar que el padre Rafael y la diócesis nunca fueron del mismo equipo. Servían al mismo Dios, pero en diferente vecindario. Y así, sin más, toda la comitiva que nunca se había apersonado por esos rumbos comenzó a deambular como vigilante de día y de noche.

Los resultados de los análisis de las marcas llegaron: lo que había en el Cristo crucificado era sangre seca. Y la sangre seca, ¿de quién creen que era? Acertaron, del padre Rafael. ¿Pero de dónde? ¿Cómo? ¿En qué momento?

Y de seguro ya lo podrán imaginar, no apareció ninguna respuesta a las preguntas que cualquier persona se pudiera formular. El gran vacío quedó abierto para siempre. Nadie volvió a preguntar. Nadie volvió a hablar del caso. Sólo las sábanas permanecen exhibidas en una vitrina como testimonio de que algo sobrenatural ocurrió en ese lugar.

Hasta hoy, muchos han tratado de darle un sentido racional a estos acontecimientos, sin lograrlo.

A la distancia de los lustros lo único que parece evidente es que la misma condición que sufrió el padre Rafael, ahora comenzaba a padecerla un pueblo sumergido en el olvido voluntario...

Made in the USA
Las Vegas, NV
21 February 2022

44340113R00073